両つの掌に　清水　茂

土曜美術社出版販売

28-sept 92   Maison de Mad. Demin

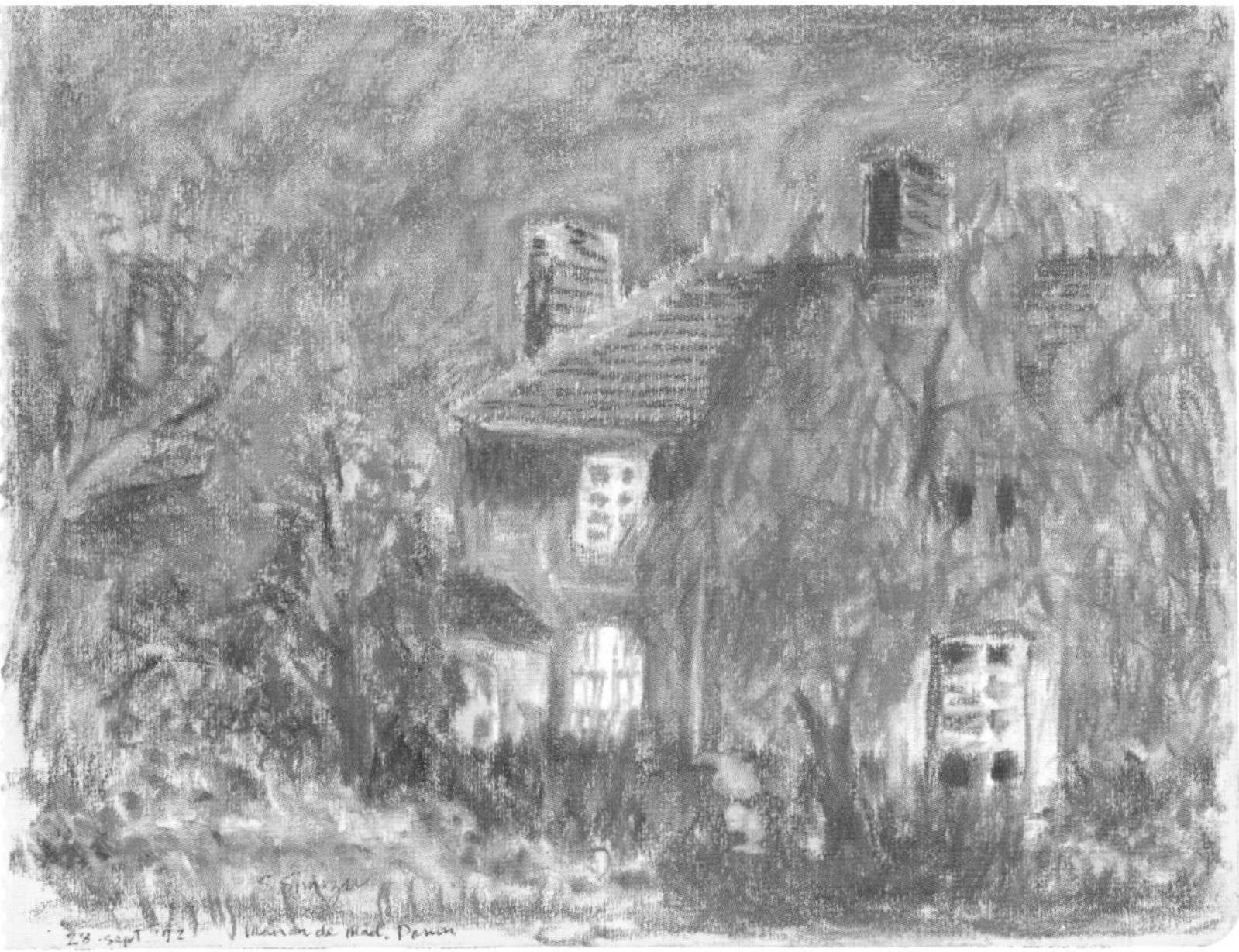

詩集

両つの掌に

Ⅰ　新詩集

霧雨

音もたてずに　霧雨が
小止みなく降っている。
茫々と伸び放題の草地に
大きなキスゲが　三つ、四つ
鮮やかな黄色に咲いている。
何処かでクウクウと啼く鳩の声が
寒そうに雨に濡れている。

いつかもそうだった。
ずっと昔　何処かの高原で
見たことのある風景、訪れたのは

そのときがはじめてなのに　何故か
よく馴染んだ想いがあった。
そこから見えるはずの山並みは
あの日　霧雨のなかに消えていた。

あのときも　キスゲが咲いていた、
鮮やかな黄色に。誰かと一緒だった、
とても懐かしい人だった、
夢のなかでのことか、または
私が生れるまえのことか。

遠い記憶が雨に烟っている、鳩が
クウクウと啼いている、寒そうに。
雨はいつから降っているのか……

あの冬

あの年は極寒の冬だった。

幼い頃には何も知らなかった都《まち》、
いつかそこに行ってみたいと
少年の日には夢み心地で憧れた。
いつからか見慣れた、あの都の
曲りくねった坂道を上ってゆけば
古い風車のみえてくる辺りには
待っていてくれる人がいた、いつも
両腕を拡げて迎えてくれる人だった。

その人がもういないのだとは
知っていても、まだ　いまも
厚手のスェーター姿が笑みを浮べている。
時間を取り込む記憶の不思議さ、
凍てついた空が砕けて　雪か霙でも
降ろうかという日だった。

別れがたく、熱っぽく詩を語りながら
私たちは並んで石畳を下っていった、それから
「あんまり寒いから、ここで失礼するよ」と
あの人は踵を返して　坂を上っていった。
その場に立ち尽して　その背姿を
見えなくなるまで目で追った。

あの冬の記憶も私とともに　ほどなく
消えてゆこうというのに、齢老いて
なお訪ねてみたいと　心の奥深くで
懐かしむ都、虚しいだけとは知りながら
それでも過ぎた日の石畳を歩いてみれば
路面の氷を踏む靴音にまぎれて　何かが熱く
語りかけてくれることもありはしないか　と。

新しい星がひとつ

何処も彼処も　この星の上は
狂ってしまって、水も火も土も大気も
暴れまわっている。それを止めたいと
努めはしても　ひたすら願う他には
私たちに何の手立てもなく、一方で
そんなことにはお構いなしに
常軌を逸した者たちが　次から次へと
新しい精密機械や科学技術を誇らしげに
駆使して　私たちを破滅の淵まで
追いやろうとしている、手際よく、

いっそう素早く、ますます巧妙に、
「大成功！　これこそ人類の知恵」と。

否　私たちばかりか　動物たち、
植物たちをも追いつめて。海は荒れ、
氷山は崩れ、大地は熱を帯び、
浄らかだったすべてのものが
無惨に汚染されてゆく。いつから
そんなふうになってしまったのか、
彼らはそれだけが自分の生き甲斐と
言わんばかりに　夢中で競い合っている。
ほんとうは彼らは何も知らないのだ。

そのあいだに　何処かで

新しい星がひとつ生れている、
広大な原初の夜の静かさのなかに、
あの星には何が託されているのか。

蝶を追って

何処からやって来たのか、
黒い、大きな蝶が　二度も三度も
ひらひらと庭を回遊してゆく、
その姿の得も言われぬ艶やかさ！

ここで翅を休めてくれればいいのに　と
あれこれの葉叢や花々が息をつめている、
近づき、また遠ざかる蝶を凝視めて。
また二度、三度　繰り返し　ひらひらと
蝶が舞う、植物たちの気を惹くように。

やがて　それを見ていた人の心で
翅を休めていた詩が　誘われて
黒い蝶を追い　飛び立っていった、
むこうの梢の上の　遠い空にむかって。

空の高みで　詩と蝶とが縺れあって
飛んでいる、やわらかい風に乗って。
ほどなく夏が終ろうとしている夕暮れ……

旅

夜の宿りも定まらないままに
知る人とていない遠い異郷の町に
ひとりで辿り着いたときの
あの心細さ、いつだって　それが
ほんとうに旅をするということだ。

想いがけず寛げる旅舎を
探しあてればまだしものこと、
重いトランクを曳きずり、
疲れた脚で　幾つもの階段をのぼり、

狭い屋根裏部屋に押し込められたときの
やるせなさ、高いところに
明り窓がひとつ、心には自由気儘さか、
それとも　言い知れぬ切なさか。

何故ここに来てしまったのかと
改めて自分に問う、漸く身を横たえ、
暗い天井を見上げながら。
疲れに　そのまま眠り込めば
遠く離れてきたはずの
懐かしい人たちの顔が　すぐ傍らに
かわるがわる見えてくる。

「ほら　もう帰ってきたよ」と

嬉しさのあまり　思わず口にするが、
あれは夢だったのかと　微睡みから
醒めた後の侘しさ、気がつけば
部屋の外では　聞き慣れない言葉のひびき、
自分が世界の肌と直《じか》に触れ合っているという
ひりひりするようなあの感触、

重い夜が未知の明日に向って
私を押し出そうとする。どんな人が、
どんな出来事が待ち受けているのか、
どんな世界が私のまえに拓かれるのか。

籠いっぱいに　星を

疲れ果てて　夏が凋むと
夜が素早くやって来る。仮にそれが
私にとっての最後の夜だとすれば
もう秋は私に挨拶をしには来ないだろう。

向こうで誰かがその秋を収穫する姿が
幻に見える。私のいなくなった静かな夜、
その人が手に提げた籠いっぱいに
星を摘み集めている様子が見える、
ひとつずつの星を丹念に吟味しながら。

唐突に　空が

唐突に　空が大地と衝突し、
雷鳴を轟かせて　激しく稲妻の刃で
斬りかかる。まるでこれは宇宙での
たたかいの一幕だ。すさまじい大波が
繰り返し上から叩きつけてくる。
そのために草も木も人もただ身を縮めて
時の過ぎるのをじっと待つが
いつだって捷利するのは空のほうだ。

真直ぐに抛げ打たれる閃光の飛礫《つぶて》に

さまざまな地上の知恵が無惨に砕かれて
人は茫然とするが、草木の立ち直りは素早い。
よく見れば　地平の彼方からは
それでも　失われていた空の青さが
明るく吹き送られてくる、和解の余地は
まだ残されていると伝えたいかのように……
小川の上で　風のそよぎが歌いはじめる。

どんな匂いが

私は何をしているのか、何をしてきたのか。
こんなにも齢老いて　想い出されるのは
昔の家の簞笥のなかの樟脳の匂い、
母の手に残っている石鹸の匂い、
それから目醒め際に　台所から
漂ってくる朝餉の温かそうな匂い。

何でもないそんな匂いが　幼い私に
後の日を準備してくれたのに　いま
私は何をしているのか、何をしてきたのか、

暮れ方の薄闇のなかで、想い出される
そんな匂いに　改めて問い質してみる、
ほどなく　もう醒めない眠りに就くまえに。

夢のなかにはどんな匂いがあるのか。

両つの掌に

必要なことだけを語ってきたにしても
その痕跡は多過ぎるようにも思われた。
だが　目を瞑って考えてみれば　それも
ほんの僅かだ。空っぽの両《ふた》つの掌《てのひら》に
何かを持っていたいと絶えず願っていたのに
大事なものは指のあいだから　いつも
巧みに零れ落ちてゆく……　それは
この世界の〈息〉と私の〈生〉との　一瞬の、
それでいて　不断の関係とも思われたのに。

いつからか　陽射しのなかで雪が舞っている。
掌の上で　大切なのは陽に燦く雪の塊、
それとも冷たさの感触か。融けた後にも
なお光を記憶している小さな水溜り……

虚ろ

愛おしく、かけがえのない人たちが
私たちの切ない想いを振り切って
立ち去ってゆくその都度
私たちの衷に　残されるのは
埋め尽すことのできない
大きな虚ろだけだ。そのために　日々
私たちは悲しみもし、苦しみもする。

「時が癒してくれますよ」と人は言うが、
あの人たちがそれを遺していったのは
むしろ　ともに在った日の想い出を

なお不在のなかで　私たちに
語りかけてくれるためではあるまいか。

自らの弱さを耐え難く思う故に
ときとして　私たちはそんな虚ろが
消えるようにと希みもするが、
それならば逝《ゆ》いた彼らは
何処で私たちに彼らの想いを
語りつづけることができるのか。

いつまでも虚ろは埋め尽されずに
あるのがいい、私たちに寄せる
彼らの想いは　なおそこに
紛れもなく生きつづけているのだから。

秋の夕暮れ

日の落ちた秋の夕暮れ、
むらさきがかった灰色の雲の
濃淡のところどころに
淡い薔薇色の縁縢りが
浮び出てくる。残照……
消えるまえの想い出のように
その色はすこしずつ
仄かに明るんでくるが
それもほんの束の間で、
あとは重い灰色に閉ざされる。

陽気な子どもらの歓声が止み、
草叢では賑やかな虫のすだき、
外灯が点されて　次第に
地上の闇を際立たせる。
遊び疲れた子どもらは
それぞれの家に帰り着き、
親兄弟に囲まれて　ひとしきり
昼間のできごとを語り尽すと、
食卓に凭れたままで　もう
寝息を洩らしはじめている。

何ものにも侵されない安らかさ、
雲の切れ間に　朧な星影……

冬の夜明けの月

夜明けに目が醒めて窓から眺めると
中空に　細い舟が一艘浮んでいました。
「雲の波を立てて漕ぎすすむ」と
昔の詩人がうたったのは　きっと
こんな月だったのでしょう。
とても美しい黄金色に耀いていました。

空の水平線の辺りは　ほどなく
緋色の帯となって冷たく燃え上がり
夜の名残りの潮はすこしずつ

退いてゆきました、舟の方位が
僅かに変るだけの間でしたが。やがて
舟影はほとんど朧な記憶となり、
薄碧いひろがりのなかで
頼るべき何ものもなく、とても
寂しそうに漂流しているようでした。

言葉の杭に繋留するのはどうでしょうか、
誰からも見られなくなれば
そのまま　眩い海面に呑み込まれて
あの黄金の舟は沈んでしまうでしょうから。

ツバメ

九月になったかと　気がつけば
あんなにも空を旋回していた
ツバメたちは何処へ消えたのか、
高いところはもう空っぽだ。
この春　巣立ったばかりの
幼いツバメも　山を越え、
海を渡って　何処までか
親を追っていることだろう。

途上で戦火に出遭うことはないのか、

唐突な嵐に襲われることはないのか、
生れ育った古巣の想い出が
消し去られることはないのか。

遠い距離にへだてられても
ほんの小さな場の記憶を
なお保ちつづけている生命よ、
辛い、長い道筋が　きみたちに
託そうとするたくさんの光景、
それをきみたちは誰に語り聞かせるのか。

半年を経て　軒先の小さな巣に
きみたちが戻ってきたのを見れば、
ともかくも　また春が巡ってきたね　と、

ほどなく　また雛が生れるね　と、
まだ残されている明るい空を
見上げながら、過ぎた春と同じように
私たちが語り合えるといいのだが。

こんなにも多くの

辿った長い道筋からは何もかも消え去って、
振り返っても　あるのは想い出ばかりだ。
自分のなかを奥深く覗いてみれば
あれこれのものが　子どもの頃の
物置小屋でのように　それでも
薄暗がりに残っているらしいが、
かすかに見覚えのあるものたちが
何となく昔とは異なる姿かたちを
帯びているようにも思われる。
私は思い違いしていたのだろうか。

想い出しさえすれば　かつての日の
さまざまな事物や風景が　そのまま
そこに現れてくるのかといえば
どうやら　そんなことでもなさそうだ。
あのとき仰ぎ見た空はこんなにも碧く
深かっただろうか、それを見ていた心は
あんなにも癒しがたく傷ついていたのに。

餓えや寒さに苦しんだ少年の頃、
青春の日々、戦中、戦後の
この上なく惨めだったことからさえ
ときに懐かしさを覚える幾つもの瞬間が
浮び出てくるのはどうしてなのか。

朧げな時間のむこうに　目を凝らして
見ようとするから　夢想の靄に包み込まれて
荒々しさが和められもするのだろうが
ほんとうに　その通りだったと思いたくもなる、
靄のなかに　忘れられない顔や姿がみえてくるから。

きっと　それもまた諾えることなのだ、
内部に取り込まれ　濾過された風景や人びと、
それは詩なのか、真実なのかと自問してみても
回想のなかにいる誰もが　いまは不在のままに
いっそうやさしく私を支えてくれるのだから、
ずっと昔に喪われた　たくさんのものが
これまで私を導いてくれて、なお何処へか
私を搬びつづけてくれているのだから。

私はまだ何処へ往こうとしているのか、
こんなにも多くの想い出を携えて。
あのときに仰ぎ見た空の碧さ、あの人の微笑み、
それから　なお幾つもの……

II

雲

夏の草原の上を、風の中を、
一つの雲が過ぎてゆく、
白い帆を一ぱいに張りながら
そのやさしい翳を大地に投げかけて。

ときおり、高い山の頂きに、
触れて流れてゆく雲の白さが、
悲しんでいる者たちの
まなざしの傷に、
憶い出のように拡げるのだ、

青空の涼しさを、光の音楽を。

一九五三・夏

夜

傷つき喘ぐ心の上に、夜の暗さが重い。
そして、きみの周囲に　はや
すべては沈黙する――もう、ふたたびは
きみの眼差を慰めるものもなく、
俯向いて　手探り求めるきみの衷に
たゞ、深く裂かれた　諦めの地割れが見えるかの様だ。

けれども　凝視めよ、
もはや立ち上る力もなく
倒れかかるきみの最後の眼差をもって、

心を圧す沈黙の大きさにもかゝわらず、
凝視めよ——
再び　夜の暗さを。

血みどろな苦悶の中で、
きみは再び見出すのだ、
過ぎ去る日々の心痛の幾多の疵あとに、
砕け散り、涙に濯われてかゞやいているあの星々の傾きが、
仄明るく軽やかに
地平をめぐりつゝ、翳らうのを。
そして、夜が
星々のきらめきの広大な空間を、一層おし拡げつゝ、
きみの心になげ返す。

一九五四・夏

母

——母に、この稚い歌を

はや秋めいておぼろなこの夜明けに、
ひとり、母は目醒め、
そして、自分の内部から　遠く
離れて去った子供たちのことを想う。

窓を透して風は流れ……
まだ消えのこっている白い星々の下で、
孤独な母は、そのとき
窓にかすかなひゞきをきいたかの様だ。

これは遠いふるさとのつぶやきなのだ。

ひやゝかな秋のひろがりのなかで、
きんいろにきらめきながら立っている
一本の木の周囲に、
舞っている子供たちの
その姿にも似た、星々の光の落葉が、
ほのかに白みがかった窓をよぎって……

いま、追憶の心の窓を
音もなく、たゝいている……
そして舞いあがり、きらゝかに
立っているあの生命の木の
高い梢のあたりを

ゆるやかにめぐりながら、この落葉たちは
やがて、光の輪を描き、

この母の内部の、白い夜あけに
拡りながら、還ってゆくのだ。

一九五三・秋

二つの頌歌

モーツァルトの音楽に

夜の灯の下で、
重く疲れた心があなたの澄んだ音いろに聴き入る――
あなたが流させる涙は、
今夜も、一番苦しい傷みに克つことを識らせる。
私にはいつもあなたが懐しい。
運命の暗い試煉の日に、

野の上を過ぎてゆく雲にも似て、
明るくひゞいた爽かな光の風の
笛の音が、
いつも私の心に懐しい。

ときどき、
勇気を失って、
あなたが私の祈りから大層遠く、
あなたの明澄さが、
余りにこの世らしくなく思われたときにも、
あなたは
それだけ一層私には大切なものだった——
それは　あなたが
何によらず　美しさによって耐えているからなのだ。

そして、やがてこの束の間の生に
私が別れを告げ、
もう、あなたのピアノや歌声を感じることが出来なくなっても、
そのときには、私も又、
あなたの浄福に参加して、白くかゞやく雲の様に、
光への敬虔な希いを、
息づくことを学ぶだろう。

ヘルマン・ヘッセに

あなたの〈生〉は内への道であり、
あなたのお仕事は、私たちのもとに
ふるさとの野の消息を齎します。

この時代の狂気の中で、それでも
あなたは私たちに光への敬虔を語り、
この歴史現実の濁りの中で、なお
あなたは美しい音いろに笛を吹かれる。
そして　そんなあなたの上で、
風に流れる白い雲が、つねに
新たな旅立ちへの決意をします、

世界がつゞくかぎり……

そして、そんなあなたの内部で、
祈りが花咲きます——賢い運命のかゞやきをもって。
そして季節ごとに結実されます……

一九五五・夏

あとがきにかえて——二〇一二年講演より

私にとって詩とは……

私は学校制度の変革期に十代を過してきましたので、旧制の中学に入学して六年間そこにいて、新制の高校で卒業しました。

高校二年の頃に散歩をしていて、ふいに自分がそこで気を失ったというわけではないのですが、歩いていて、べつに目を閉じているのでもないのに、周囲の風景の全体が、木立も畑も何やらやわらかい白さのなかに融けてしまった、そして、自分の存在とか自我とかいったものがまったく感じられないような、すべてのものがそこに融けてしまっているといった奇妙な実感を、ほんの一瞬ですが、感じたことがありました。

そのことが何を自分にもたらしたかというと、その直前までは年齢相応に

〈死〉ということも考えていましたし、戦後ほどなくのことで、それまでの旧い社会といったものに「そんなのは封建的だ」とか何とか言っては、父親に口答えをすることも多々ありました。先日、韓国に行ったときに、むこうの生活習慣として年長の人を敬うという美しい習慣に触れたのですが、自分の若いときにはそれを無条件で肯うことはできなかったのを想い出したりもしました。何かそれがともすれば若者の精神の自由な展開を抑えつけるもののようにも感じられたのです。

当時の流行《はや》り言葉のひとつとして、「自我の確立」ということが頻りに言われていました。それ自体は昭和初期から文芸家のあいだでは言われていたことでしょうが、西欧近代の考え方というものが許されてきていて、封建的な考え方を一掃せよという主張と一括りのように言われてもいたので、その時代の雰囲気というものも自分のなかでまるで影響がなかったとは言えないのです。「個の確立」ということも頻りに言われ、この社会のなかで自分がどうあるべきかということが大問題でした。

　大学に入った頃には教育二法案問題といったことで学生運動がありました し、やがて朝鮮動乱、六〇年安保改定、アメリカによる北ヴェトナム爆撃などの問題に、いつも私自身関わっていました。六〇年六月に、樺美智子さんの亡くなった夜にも、国会周辺をうろついていた人間でした。

　ただそうした激動のすべてにたいしても、先ほど申しました「奇妙な一瞬」はある言い知れぬ作用を私の衷に残していました。つまりその若い頃に、〈死〉にたいしても実に若者らしい感じで、いまは老いて幾らかべつの感じにはなっていますが、いずれにせよ、個別の死によっても何かが完璧に消滅するとか、虚無の闇に陥るとかいったことではないのだと理解したのです。自分はあの一瞬のやわらかい眩しい白さのなかにすべてのものと同じように融けてゆくのだ、そこで他の一切と一体になる、ひとつであって、全体であると言ってもいいかもしれませんが、そんな実感を持ったのです。

その感じ方が特に奇異なものではないという証拠というか、他の人はどう感じるのだろうかと考え、いまでも特に宗教的なものに精通しているわけではありませんが、ただ自分の一瞬の経験みたいなもの、あれはいったい何だったのかという興味からそれに近い本を読み漁ってゆきました。いまここにそのときの懐かしい本を二、三冊持って来ていますが、インドのガングリー Gangulee という人が編集した思想断片のアンソロジーのようなもので『瞑想のための思想集』という標題です。また、オルダス・ハックスレー Aldous Huxley の『久遠の哲学』などです。それらの本を読み漁っていると、宗教や思想的立場の差異というものを超えて、世界に共通しているものがある。個別の存在であるものが何か全体であるものに、それを〈神〉と呼ぶこともあるようですが、その超越的なものに直接触れるような瞬間があることを確認できました。自分の経験をそれと同質だと思ったわけではありませんが、幾つもの書物のなかで、詩人や思想家、哲学者や宗教家が似たようなことを証言していたのです。

そんな本を大学に入るまえに、受験勉強なぞそっち除けで、何冊も読んでいました。それらを読んで、自分がべつに頭が変なわけでもなく、病気のせいでもないとわかって安心しました。同時にタゴール Tagore とかドイツの神秘家マイスター・エックハルト Meister Eckhart といった人の名まえを知り、それに関係する人を手繰ってゆくということも暫くあって、いずれにせよこの〈経験〉以前と以後とで決定的に違ったのは、〈死〉というものについての考え方でした。ゲーテ Goethe の「浄福的な憧れ」という詩に特別な親しみを感じたのもそのためでした。〈死〉はいささかも恐れるものではないし、個別の存在である以上紛れもなく消滅するのであって、しかし、それがある種の宗教家の言うような地獄とか虚無の深淵の脅えるほどの暗さのなかで足掻くようなことでもなく、べつに何ごとでもないのだという想いでした。

こうして、〈存在〉ということに関して、感覚的にですが、謂わば二重の捉え方ができるようになったのです。

つまり、ひとつは戸籍簿に記されているような、何年に誰それの子どもとして生れ、何年に没し、その間ひとつの存在であったということ、これは誰しもそういう存在であったわけで、私たちの地球だってその誕生があったからにはやがて滅びて無くなる年があり、この銀河系宇宙にも誕生と没年があるだろうし、宇宙の全体についてもそうかもしれない。ただ宇宙についてはいろいろな解釈がありますから、誰かがお創りになり、やがて終末が来るという考えもある一方で、古代インドの思想のように、初めもなければ終りもなく、あるのはただ途中だけだという考えもあります。いずれにせよ、私という個体はある期間存在して、消えてゆくものです。そして、もうひとつは個別の死というものが何処かに吸収されてゆく、そのときにはそれは〈無〉ではないと自分が感じたことで、現れ消えてゆくのとは異なる存在のあり方です。

私が同意できなかったのは、当時フランスで主流であって、日本でもよく問題にされた実存主義の考え方でした。ジャン＝ポール・サルトル Jean-Paul Sartre によれば、私たち人間は〈本質〉から投げ出されてある様態ということのようですが、ペーパーナイフのようなものは取替えが効くけれども、人間は取替えの効かない存在だと言います。自分というものを座標の中心に据えての考え方ならばそうなります。そこから派生して、自分にとってかけがえのない人びとなら、やはりそうでしょう。

しかし、自分が時間をかけて使い込んだペーパーナイフならば、愛着もあって、やはりかけがえのないものです。自分が馴染んだならば、それはかけがえのないものであり、子どもがポケットに入れている石は他のどの石とも違うものです。その子は石に価値を与えています。だから、こんな汚いものをと、親が投げ棄てれば、子どもが泣くのは当然です。

何かがかけがえのないものかどうかは、その価値を付与する人間が定めているのであって、それが仮に人間であっても、企業が労働力としてしか見ていなければ、その企業にとって、かけがえのない人間というものはごく僅かでしょう。「おまえは不要だから、この際、取り替える」といったことは幾らでも生じています。

実存主義の観点からもカミュ Camus とサルトルではずいぶん異なるのですが、それでもひとりの人間を誕生から死にいたるまでの存在、戸籍上の存在としてみています。一方で、モーツァルト Mozart やシューベルト Schubert が死んだと言うと、何か奇妙な印象があります。生身のモーツァルトは間違いなく死んでいるけれど、その六百余の作品のなかに依然としています。確かにそうだと言える何かであるし、それは天才だけがそうだというのでもなさそうです。個別の存在が個別の姿で消滅しても、なお消えないものがあるという想いが何処かで私の衷に残ってしまったのです。

たぶん先ほど申し上げたあの〈一瞬〉が境目になっているのだと思います。これを自分の実感としてどうしたら留めおくことが可能なのか。うわ言みたいに聞えるようなことを言っているのですが、何かしら私たちの在り様が個別の存在であると同時に、もっと大きな、それが流れなのかどうかわかりませんが、何かを託されている存在、人間だからそうだというのではなく、一つひとつの石ころに至るまでそうかもしれないと感じられるのです。人間と石ころとのあいだにどれほどの差があるのか。

用意してきた「資料」のなかにサン＝テグジュペリ Saint-Exupéry の遺作となった『城塞』から三行だけ書き抜いたものがあります。

重要なのは私ではない。「私は搬ぶ者に過ぎないからだ。」

重要なのは私たちではない。私たちは私たちの世代を一瞬借り受けて、擦り減らす〈神〉のための道だからだ。

（Il ne s'agit pas de moi :《Je ne suis que celui qui transporte.》

Il ne s'agit pas de nous : nous sommes route pour Dieu qui emporte un instant notre génération et l'use.)

〈神〉という語をここでは使っていますが、サン＝テグジュペリは子どもの頃は母親の影響でカトリックの信仰を持っていましたが、途中でそこからは外れてゆきます。何か根源的な、総体としての〈存在〉をここでは〈神〉と呼んでいるのです。ここでも、個別の存在と、それを含みながら、この個別のものが存在しなかったらつづかない何か、「私は搬ぶ者」と言っていますが、私がいなかったら搬ばれない何か、逆にそういうふうに捉えることのできる何かについて述べています。私たちの世代は、世代としては擦り切れてそこで無くなるわけですが、しかし、私たちの世代が擦り切れるまでそこに在りつづけることによって、何かもっと大きなものがつづいてゆくという考え方が述べられています。

これは私が感じ取ったものととてもよく似ていると思います。つまり一方に個別の存在としての私たち、私やあなた、猫や木や石ころなどのさまざまなものがつづくことによって、ある全体を形成しているということになるのではないだろうか。

すべてのもののなかに何かしら相互の関連があり、その関連のなかで、全体がただひとつなのだと考えられないことはない。そう思うと、何となく自分の死んだ先までも見えてしまったような気がしたのです。

このことは、一方では、安らぎを与えてくれますが、しかし、他方で、非常な危険を孕んでもいると思うのです。つまり、巨視的なものの見方が陥る陥穽がやはりあるわけです。すべてを悟ってしまったと思い込むことの陥穽、これはもう一度捉え直してみないといけない。巨視的な見方での視野を確保しておきながら、むしろ微視的な見方というか、一方で執着を離れた安らぎを感じながら、自分が死んでもやわらかい靄のなかに融けてゆくだけだと思いながらも、それでもある種の執着は手離さない必要があります。

これは私だけのことかもしれませんが、何ごとにも執着しないということは、何ものをも愛さなくなることに等しいからです。

これは幻、これは真実、という捉え方にもやはり私たちが背負っている重荷を軽くしてくれる部分と、そうであってはいけない部分とがあると思います。このまえも取り上げた私の好きな禅僧、良寛のべつの詩の一部分を今回も「資料」として持ってきました。

道妄一切妄　　妄と道へば一切妄なり
道眞一切眞　　眞と道へば一切眞なり
眞外更無妄　　眞の外に更に妄無し
妄外別無眞　　妄の外に別に眞無し

〈道〉は「いう」と読むので、口語訳はおよそつぎのようになります。

幻といえばすべてが幻だ
真実といえばすべてが真実だ、
真実の外に幻があるわけでも
幻の外に真実があるわけでもない。

ここでは〈真〉とか〈妄〉とか分けてゆくこと自体に問題があるのだろうと言っているようです。

先ほども言いましたように、世界とか宇宙とかの規模で巨視的に見てゆきますと、個別の存在は塵や埃に過ぎないわけですが、それだけに捉われてしまったとき、自分の眼前のさまざまなものにたいして、非常に意識が稀薄になります。そうではなく、一つひとつの個別の存在がまさにそこにはあるのだということ、この点にもう一度視線を巡らすことはとても大切だと思われます。

私も幻、あなたも幻と言っているだけでことが済むわけではありません。そうかもしれない、違うかもしれないと、絶えずそのもとになるいちばん小さいものにまで引き返してゆくことが必要だと思います。私が「執着」というのはこのことです。そして、そのうえで、微小なものをも含めて、私も含めて、何かひとつの全体なのだという実感に支えられてゆくということです。

いったい、そのことをどうすれば表現できるのか。表現など必要ないと言ってしまえばそうだろうと私も思いますが、誰に妨げられもせず、ぼんやりと空を見上げていればいいとも思いますが、生きている限りそれだけでは済まないだろうと何処かで思う自分というものがまたいるのです。

そうしたことを現実に想起させるのは、もう随分昔のことですが、私がフランスにいるときに、こちらで私の幼い娘が不注意運転の自動車事故で亡くなるということがあり、すべては幻だなどと言ってはいられない感情が自分の裏に戻ってきたのです。個別の存在だから、人間だからというのではなく、何かにたいしてカザンツァキ Nicos Kazantzaki は「私には責任がある」という言い方をしていますが、べつの言い方をすれば「世界との繫がり」ということで、その繫がり、関係の作り方がやはり棄てられないのですね。「世界との関係」というのは一括りの言い方ですが、私にとってはいろいろな状況のなかで、たとえばこちらのあなたとの関係だったり、向こうの彼女との関係だったりというふうに、あるいはあそこのあの木との関係、道端に寝ている犬との関係というふうに、現にそこに生じるものなのです。

そのことに関して、私は本筋のところで、子どもの頃から〈ことば〉に馴染んできたということもあり、そのことを通して、また、〈ことば〉を扱えばどうしても哲学的な思索をも伴うことにもなり、それを進めてゆく場合、私にとってもっとも大切な現実のものとの、現にそこに在るもの、そこにいる人との、〈ことば〉と〈なまの世界〉との接点、アプローチが自分には必要だという感じを抱きました。他にもいろいろありますが、中心のところでは〈詩〉というものを据えて、そこで何か自分の考え、作ろうとしているものに、ことばを与えてゆくとはどういうことなのか、それを探りつづけてゆきたいわけです。

最後に、私の敬愛する友人イヴ・ボヌフォワ Yves Bonnefoy が、昨年三月十一日の震災後に、非常に長い詩を書きましたが、それは日本の不幸だけでなく、現にいま、世界のいたるところで起っている戦争や自然災害にも間接的に触れています。しかし、私が直接彼から受け取った文面では、あの東日本大震災が彼の内面に大きな衝撃を与えたことを感じさせられます。ですから、その長詩の末尾の数行をここでご紹介しましょう。標題は「いま、この時」といいます。

いま、この時、諦めるな、

雷鳴のさまよう両手から、きみの語の数かずを取り戻し
それが無からことばを生むのに耳を傾けるがいい、
何にも証明されはしない確信のなかで、
敢えて試みるがいい、

絶望して死んではならないと私たちに言い遺すがいい。

（詩集『いま、この時』より）

「雷鳴のさまよう両手」というのは、私たちの世界を襲っているさまざまな不幸とか戦争とか自然災害とかを指示しています。「無からことばを生む」のこの〈ことば〉は、「私は日本語という言語で私のことばを綴る」というときの、その〈ことば〉ですね。最後の一行はまったく忘れ難い印象を残します。まさに死ぬ運命にある者にたいして、なお後に残る者が「絶望して死んではいけないと私たちに言ってほしい」というわけですから、ここには二

重のニュアンスが込められています。

ボヌフォワ自身はすでに九十歳になりますが、その人が私たちにたいして「絶望してはいけない」と言っているふうに聞き取ることができます。このことばを「言い遺す」というところが、いかにも詩人らしく、この世界はもはや絶望的だと言いそうなところで、なお踏み止まれと言っている感じがうかがえます。

最後にこのことばを置いて、私の話を締め括りたいと思います。どうも有難うございました。

＊　イヴ・ボヌフォワ氏は二〇一六年七月一日、パリで逝去された。

カバー・扉装画／著者

目次

I　新詩集

清水　茂（しみず・しげる）
早稲田大学名誉教授

1932年11月　誕生
　高校在学時より、片山敏彦に師事。
1956年3月　早稲田大学第一文学部仏文科卒業（卒業論文「ロマン・ロランの宗教感情」）
　12月　日本・ロマン・ロランの友の会機関誌「ユニテ」第13号に論文を掲載。
1958年3月　早稲田大学大学院文学研究科修士課程修了（1958年4月—1961年3月　同博士課程在学）
1959年4月　早稲田大学助手となる。以後、専任講師（1962年）、助教授（1965年）、教授（1970年）となり、2003年3月まで同校文学部に在職。
1976年　矢内原伊作、宇佐見英治の誘いで「同時代（第二次）」に参加。
1990年9月　NHKセミナー（20世紀の群像）「ロマン・ロラン」全4回放送の講師を担当。
1993年　イヴ・ボヌフォワ著『ジャコメッティ作品集』（リブロポート）、イヴ・ボヌフォワ詩集『光なしに在ったもの』（小沢書店）を翻訳刊行。これ以降、ボヌフォワとの交流を深める。
2007年　詩集『新しい朝の潮騒』で現代ポイエーシス賞受賞。
2009年　詩集『水底の寂かさ』で日本詩人クラブ賞、埼玉詩人賞受賞。
2011年　日本詩人クラブ会長就任（任期2年）
2017年　評論集『私の出会った詩人たち』で日本詩人クラブ詩界賞特別賞受賞。
2018年　詩集『一面の静寂』で現代詩人賞受賞。
2020年1月　永眠

詩集　両《ふた》つの掌《てのひら》に

発　行　二〇二一年一月十六日

著　者　清水　茂

著作権者　清水須己
〒352・0021　埼玉県新座市あたご三―一三―一三

装　丁　直井和夫

発行者　高木祐子

発行所　土曜美術社出版販売
〒162・0813　東京都新宿区東五軒町三―一〇
電　話　〇三―五二二九―〇七三〇
FAX　〇三―五二二九―〇七三二
振　替　〇〇一六〇―九―七五六九〇九

印刷・製本　モリモト印刷

ISBN978-4-8120-2612-0　C0092